AF281756

Charlene Wolff

Zabakuck

oder

Ostrock im Tierpark

FSC
www.fsc.org

MIX

Papier aus ver-
antwortungsvollen
Quellen

Paper from
responsible sources

FSC® C105338

Zabakuck

oder

Ostrock im Tierpark

Tierisch unterhaltsame Geschichten

von Charlene Wolff

Bibliografische Information der Deutschen Nationalbibliothek: Die Deutsche Nationalbibliothek verzeichnet diese Publikation in der Deutschen Nationalbibliografie; detaillierte bibliografische Daten sind im Internet über dnb.dnb.de abrufbar.

Die automatisierte Analyse des Werkes, um daraus Informationen insbesondere über Muster, Trends und Korrelationen gemäß §44b UrhG („Text und Data Mining") zu gewinnen, ist untersagt.

1. Auflage April 2025
© 2025 Charlene Wolff
Alle Rechte vorbehalten

Verlag: BoD · Books on Demand GmbH, Überseering 33, 22297 Hamburg, bod@bod.de
Erwähne außerdem, wo das Buch gedruckt worden ist:
Druck: Libri Plureos GmbH, Friedensallee 273, 22763 Hamburg

ISBN: 978-3-8192-0856-0

Vorwort

Oh mein Gott! dachte ich, die möchten ein paar kleine Geschichten für ihren Tierpark. Wie kriege ich das denn hin? Aber ich wäre nicht die Königin der Texte, wenn mir da nichts einfiele.

Und so wartete ich nur den Moment der passenden Inspiration ab, und dann legte ich los. Geholfen hat mir dabei, dass ich mir gerade einige Märchen angehört hatte, die für mich ein Fundus an Ideen waren.

Der Tierpark Zabakuck ist nun nicht gerade einer der größten, und von wohlhabenden Tierparks hat man auch noch nie gehört. Aber man wollte für seine Tiere das Beste, und so bemühte man sich auf die verschiedenste Weise, worin wir gerne unterstützen wollten, mein Lutzi und ich.

Außerdem macht es Spaß, wenn man etwas Sinnvolles bewegen kann, was anderen Freude macht. Wer dieses Büchlein kauft, trägt dazu bei, dass es den Tieren wohlergeht.

Rosenthal am Rennsteig, den 04.03.2025

Charlene Wolff

© 2025 Charlene Wolff

Inhalt

Zabakuck

Ich muss sagen, ich war doch ziemlich sprachlos über die Geschichte, die mir neulich jemand erzählt hat. Es ist ein Freund, den ich gut kenne, und dem ich auch vertraue, dass er mir keinen Unsinn erzählt. Das muss ich erklären, weil die Geschichte wirklich ziemlich unglaublich war.

Im Mittelalter war die Erde bekanntlich noch eine Scheibe, und Mittelpunkt der Welt war Rom. Die Menschheit bestand im Vergleich zu heute aus ganz wenigen Menschen, weit weniger als einer Milliarde, die es großenteils vorzogen, in den Städten zu leben, wo sie einigermaßen sicher waren vor den angsteinflößenden Tieren, die durch die schier endlosen Wälder Mitteldeutschlands streiften und bei Nacht mit ihren unheimlichen furcherregenden Geräuschen die menschenleeren Gegenden beherrschten.

Die Menschen hatten Angst vor vielem. Da waren die Adligen mit ihren Rittern und Soldaten, denen man besser nicht zu nahekam. Sie führten ein hartes Regiment. Eine kleine Fehlbarkeit wurde gleich mit Peitschenhieben, Pranger oder Streckbank bestraft. Da wurde kurzer Prozess gemacht. Aber das war noch nicht das Schlimmste. Draußen vor den Stadtmauern heulten nachts die Wölfe, das einem ein Schauer über den Rücken lief. Überhaupt konnte man draußen nicht sicher sein, dass man bei Dunkelheit nicht einem hung-

© 2025 Charlene Wolff

7

rigen Bären, einer bösen Hexe oder einem Zauberer zum Opfer fiel. Davor schützten nur die dicken Mauern, nur hatte nicht jeder das Glück, beschützt innerhalb der Stadtmauern leben zu können. Viele wohnten unten am Fluss, weil sie bitterarm waren, und da half nur, sich in die enge, zugige Hütte zu quetschen, die Tür zu verrammeln und zu beten.

Niemand wagte es, durch die Dunkelheit zu schleichen. Da lauerten unsägliche Gefahren. Ganz besonders viel Angst hatten Händler und Fahrensleute davor, dass sie an den Rand der Scheibe geraten und hinunterfallen könnten, direkt in die Hölle der Unterwelt. Nicht auszudenken, welche Qualen ihnen da blühten! Die Prediger in der Kirche hatten stets davor gewarnt, und es gab die fürchterlichsten Gemälde mit Horrorszenarien, die es bis ins letzte Detail beschrieben.

Das war aber alles noch gar nichts gegen die Geister von Verstorbenen, die nachts durch die Gemäuer spukten und Angst und Schrecken verbreiteten. Und da beginnt die eigentliche Geschichte.

Es war nun so, dass das mit der Scheibe gar nicht so dramatisch war, wie sich die Leute das vorstellten. Der Gedanke von einer Welt mit mehreren Etagen stimmte überhaupt nicht, nur konnten sich die ungebildeten Leute (man hielt sie extra dumm, weil man sie so besser regieren konnte) sich nicht vorstellen, dass die Leute, Tiere, Bäume, die unten

© 2025 Charlene Wolff

wohnten, kopfüber unter der Scheibe herumliefen. Heute weiß man mehr und nennt es manchmal „Downunder".

In „Downunder" lebten ziemlich seltsame Tiere. Viele von ihnen trugen ständig eine Einkaufstasche mit sich herum. Sie hüpften sehr gerne, vielleicht weil das unter der Scheibe einfacher war als oben drauf(?). Und wenn sie hochsprangen und wieder herunterplumpsten, machte es „Käng!" Die Kinder dieser Tiere fanden das sehr sehr lustig, wenn sie so durchgeschüttelt wurden und riefen laut „guruh!" Und daher haben diese Tiere ihre Namen gekriegt.

Die Kängurus hatten keine Angst vor der Dunkelheit, denn wenn es dunkel in Mitteldeutschland war, dann schien ja da unten in „Downunder" immer die Sonne. Und weil sie sehr neugierig und ungestüm waren, hüpften einige von ihnen irgendwann zufällig über den Rand der Scheibe und landeten bei Sonnenaufgang auf einer Lichtung im Thüringer Wald.

In Downunder gab es aber nur ganz wenige Menschen. Die nannten sich Aboriginees und wohnten dort im Einklang mit der Natur und verehrten einen Berg, den sie „Uluru" nannten und der heute auch bekannt ist als „Ayers Rock". Dieser Berg war ihnen so heilig, dass sie gar keine Lust verspürten, so weit zu laufen, dass sie dem Rand der Scheibe auch nur nahekamen. Das hätte ihnen der heilige Berg vermutlich übelgenommen.

© 2025 Charlene Wolff

Und hätte sich doch einmal einer in den finsteren mitteldeutschen Wald verirrt, dann wäre er unsichtbar gewesen, denn die Aboriginees waren schwarz wie die Nacht, schwärzer als Ihr es Euch überhaupt vorstellen könnt! Das war auch gut so, denn wenn gerade mal wieder der Busch brannte, dann gab es ohnehin viel schwarzen Ruß, der sich über alles legte, und wenn man sowieso schon schwarz ist, dann spielt das keine Rolle, und man muss nicht mühsam Wasser suchen und sich waschen. Dann ist es sehr praktisch, wenn man schon von Geburt an so schwarz ist wie der Ruß.

Nun ergab es sich, dass nicht nur die Kängurus neugierig waren. Es gab noch mehr Tiere und zwar auch ganz andere Tierarten. Im Urwald lebte die Sippe der Du's. Die hatten keine Namen. Deshalb nannten sie sich alle nur „Du". Ihr könnt das nicht verstehen? „Du, kommst Du mit auf den Baum, Blätter essen?" „Nee, Du, ich mag jetzt nicht. Bring Du mir welche mit, wenn Du wieder runterkommst." „Du auch?" „Ja, Du! Bitte ganz hellgrüne." „Wie viele?" „Ach, entscheide Du."

Wenn so ein „Du" viele Blätter isst, muss er auch mal kacka. Und weil die Du's die Angewohnheit hatten, sehr sehr sehr viele Blätter zu essen, nannten die anderen Tiere sie irgendwann abfällig „Kackadus". Das hörten die Du's natürlich nicht gerne. Du magst es sicher auch nicht, wenn man Dich „Scheissmensch" nennt!

  © 2025 Charlene Wolff

Weil die Kackadus aufgrund dieser Eigenheiten oft gehänselt wurden, machten einige sich auf den Weg, gerieten über den Rand der Erdscheibe, die übrigens bei weitem nicht so gefährlich und scharfkantig war, wie die Menschen das erzählten, und kamen just in dem Moment auf der Lichtung an, als es „käng, käng, käng" machte und dazwischen jedesmal „guruh". Die Kakadus mussten darüber sehr lachen. Ein so seltsam hüpfendes Tier hatten sie auf ihren Urwaldbäumen noch nie gesehen.

Die Sonne stieg langsam empor, Nebel wallten durch den Wald, und allmählich erwärmte sich die Luft recht angenehm. Die Kängurus und Kakadus freundeten sich natürlich sehr schnell an. Vor wem kann man sich schon fürchten, wenn er so lustig hüpft oder so schallend lachen kann? Und so beschlossen sie, zusammen weiter zu gehen und die unbekannte Welt auf der Oberseite der Erdscheibe zu erforschen.

Die Wälder waren wie schon gesagt mächtig gewaltig groß und dunkel. Die Römer hatten sie noch nicht abgeholzt, um daraus Wasserrohre für ihre Aquädukte zu schnitzen, und die Menschen, die weit verstreut lebten, sammelten lieber die herabgefallenen Äste als Brennholz, als Bäume mit ihrer Elektrosäge zu fällen; sie hatten ja noch keinen Strom, und da war es ausgesprochen beschwerlich.

Weil die Welt so groß und die Besiedlung so gering war, traf

© 2025 Charlene Wolff

unsere Gruppe von Downunder nur sehr selten auf Menschen. Die wenigen, denen sie begegneten, rannten um ihr Leben, wenn „käng, käng, käng" vorbeisprang und dann auch noch die Du's über ihnen heftig mit den Flügeln schlagend flatterten. Der Schreck muss ihnen tief in den Knochen gesessen haben, als wären sie Geschöpfen aus der Unterwelt begegnet. Einmal ließen sie sogar ihre Ziegen zurück.

Die wiederum fanden die neue Freiheit wunderbar, glaubten aber nicht, dass sie lange anhalten würde. Aufgeregt mähten sie durcheinander. Das amüsierte die Kängurus und Kakadus, denn sowas hatten sie in Downunder noch nicht erlebt. Schnell freundeten die Tiere sich an und beschlossen, den Weg zusammen weiterzugehen.

Als der Wald schier nicht enden wollte, unsere Freunde aber genug davon hatten, beschlossen sie endlich, dass sie sich an dieser Stelle niederlassen wollten. Zurückkehren nach Downunder, wo es so heiß und trocken war und einen entweder die Moskitos piesackten oder die Feuersbrünste, nein, das wollten sie nicht, wenn es hier doch so schön war. (Da kannten sie noch nicht den eisig kalten Winter!)

Die Freunde versuchten, die Sprache des anderen zu lernen. Es hörte sich zu putzig an, wenn die Kakadus versuchten wie Ziegen zu mähen und die Ziegen sich erfolglos abmühten, mit den Flügeln zu flattern. (ohne Flügel ein Ding der Un-

© 2025 Charlene Wolff

möglichkeit.) Aber sie standen zueinander. Damit dieser Ort ein richtiges Zuhause wird, wollten sie ihm einen Namen geben. Sie überlegten viele Namen, aber nichts passte so richtig. Wer es war, ist leider nicht überliefert, aber einer von ihnen soll dann richtig ärgerlich geflucht haben: „Zabakuck noch einmal! Wir müssen endlich einen Namen für unser Zuhause finden!"

Die Gesichter hellten sich auf. „Das ist es!" rief das eine Känguru, und sein Beutelinhalt jubelte „guruh!" Auch die anderen waren begeistert. „Wir nennen unser neues Heim Zabakuck", beschlossen sie. Und so bekam der Ort seinen Namen. Das mag so gegen 1100 n. Chr. gewesen sein.

Die Tiere lebten dort fortan glücklich und friedlich miteinander. Selbst die Wölfe rissen vor ihnen aus. Sie fanden Ziegen wohl sehr lecker, aber um diese anderen Ungeheuer aus der Unterwelt machten sie einen riesigen Bogen. Sie mussten keinen Hunger leiden, denn es gab ja genug arme Menschen, die am Rand der kleinen Städte hausten und kein Dach über dem Kopf hatten. (Hartz IV und Bürgergeld waren noch nicht erfunden, das hätten die Herrschenden von dem „Zehnten", den sie den Bauern abknöpften, auch nicht bezahlen können, sonst hätten sie ja auf ihr Leben in Saus und Braus verzichten müssen).

Die Jahrhunderte gingen ins Land. So vielleicht dreihundert

© 2025 Charlene Wolff

Jahre später machten sich einige streng gläubige Menschen auf in die unberührten Wälder und siedelten sich gar nicht so weit entfernt an. Dort rodeten sie Bäume und bauten sich ein Kloster. Ich muss hier ergänzen, früher schmeckte das Trinkwasser abscheulich. Ich kann nicht sagen, ob es daran lag, dass man rein zufällig eine Heilquelle angestochen hatte, jedenfalls mundete es absolut nicht. Und deshalb brauten die Mönche im Kloster ihr eigenes Bier. Damit waren sie tagaus, tagein so beschäftigt, dass sie gar keine Zeit und Lust mehr hatten, in die Welt zu ziehen. Das Bier beschwipste sie, und wenn sie zu viel davon genossen hatten, begannen sie zu lallen.

„Sch..sch..schmecktz Dia?" „je richo!" kam heraus statt „yea, richtig!" Und so bekam das Kloster irgendwann den Namen Jericho. Wo ein Kloster ist, da siedeln sich auch bald weltliche Menschen an. Sie glaubten, dass sie von den Mönchen beschützt würden, und tatsächlich trauten sich die Wölfe auch nicht so nahe heran, wo belebte Dörfer entstanden.

Die Menschen lebten überwiegend als Bauern, und die streiften auch mal durch die Gegend. Es wäre ein Wunder, wenn sie sich nicht auch mal zu unseren Freunden nach Zabakuck verirrt hätten. (Ich muss dazusagen, die Tiere wurden nicht wie die Menschen vor der Sintflut 800 Jahre alt, sondern es war inzwischen die sounsovielte Generation, denn sie hatten Kinder gekriegt, die waren groß geworden,

© 2025 Charlene Wolff

hatten wieder Kinder gekriegt und so weiter. Die Alten lebten nicht ewig, aber Zabakuck war über die Jahre immer gut belebt.

Die Bauern machten große Augen, und weil unsere Freunde das noch gar nicht kannten, denn sie hatten ja zuvor noch keine von diesen weißen haarlosen Affen gesehen, bekamen sie Angst. Sie beratschlagten, was zu tun sei, und als es ihnen zu unheimlich wurde, da errichteten sie rund um ihr Lager Zäune. Da konnten die Menschen sie zwar sehen, und sie konnten die Menschen im Auge behalten, aber keiner konnte dem anderen etwas tun.

Manche Menschen schienen es gut mit ihnen zu meinen, und wollten ihnen Futter geben, aber nur die Ziegen trauten sich. Deshalb wurde ein Bereich mit einer Tür versehen, wo die Ziegen sich von den neugierigen Menschen streicheln lassen konnten. Die Ziegen fanden das ganz angenehm, und die Menschen waren auch begeistert, besonders die kurzen von ihnen. „Das sind bestimmt ihre Jungen, dachte sich Papa Kakadu. Aber mich lasst da bitte fein raus!"

Die Menschen fanden es offenbar sehr aufregend. Eines Tages hingen sie ein Schild an den Zaun:

Besucherinfo

Eintrittspreise

Erwachsene	5,50 €
Kinder (ab 3 Jahre bis 15 Jahre)	2,50 €
Ermäßigt (Renter, Schüler, Azubis, Studenten, Behinderte)	3,50 €
Hunde	1,00 €
Jahreskarte Erwachsene	40,00 €
Jahreskarte Kinder	18,00 €
Jahreskarte Ermäßigt	26,00 €

Öffnungszeiten

Sommersaison

von April bis Oktober
09:00 Uhr bis 18:00 Uhr

Wintersaison

von November bis März

10:00 Uhr bis 16:00 Uhr

Nach anfänglicher Aufregung beruhigten sich die Tiere wieder. Es geschah nichts weiter, als dass die Menschen zahlreicher wurden und das Futter besser. Ein Känguru würde nie auf die Idee kommen, sich die Tasche voll Geld zu stopfen. Auf sowas kamen nur die Menschen, aber die, die hier jetzt ständig zugegen waren, die kümmerten sich darum, dass es unseren Freunden gut ging und sie genug zu essen hatten. Für Taschen voll Geld interessierten sie sich nicht.

© 2025 Charlene Wolff

Aufruhr in Zabakuck

Wie schon geschildert, ging es unseren Freunden, den Kängurus, Kakadus und Ziegen ziemlich gut. Rund herum um ihr Zuhause war es immer lauter geworden. Der dunkle Wald war freien Flächen, Äckern und Wiesen gewichen. Straßen führten durchs Land, die Menschen waren immer zahlreicher geworden, und es ratterten auch Motorräder knatternd vorbei. Bei schönem Wetter drückten sich viele Kinder an den Zäunen die Nasen platt oder jammerten ihre Eltern voll, dass sie die Ziegen füttern wollten, die schon lange bis zum Bersten gefressen hatten und nur noch ihre Ruhe haben wollten.

In ihrer kleinen Enklave lebten die Tiere sehr zufrieden. Eines Tages ratterten gleich nebenan große metallene Ungeheuer heran, auf denen Menschen ritten und die riesige Mäuler mit spitzen Zähnen hatten. Die Menschen nannten sie „Bagger", und unsere Freunde begannen sich sehr zu fürchten. Würde jetzt ihr schönes Zuhause kaputtgemacht? Wer gab diesen Menschen das Recht dazu!?! Ein Mensch mit einem gelben Plastikhelm stellte ein Schild auf: „Neubauvorhaben Hotel zur bunten Maus". Mehr konnten die Tiere nicht lesen, das andere war zu klein gedruckt.

In ihrer Angst steckten sie nicht etwa die Köpfe in den Sand wie die Sträuße! Nein, sie mussten diese Monster stoppen.

© 2025 Charlene Wolff

Ein Hotel wollten die Menschen bauen? Und das direkt an dem Zaun, den schon ihre Ur-, Ur-, Ur-, Ur-, Urgroßväter errichtet hatten??? Auf ihrem Grund und Boden?!

Gemeinsam berieten sie sich im Unterstand und marschierten dann zum Zaun mit Transparenten bewaffnet, Flüstertüte (die hatten sie aus einer Matte im Stall gerollt) und machten so viel Lärm, wie sie nur konnten. Die Ziegen taten sich dabei besonders hervor. Kängurus können nicht so laut schreien, aber zum Glück hatten sie noch Zuwachs von Alpakas bekommen. Die waren zwar nicht laut, konnten dafür aber ganz prima spucken, wenn sie verärgert waren.

Offenbar war die Bürgerinitiative – oder sagen wir Demonstration – ziemlich schnell bemerkt worden. Einige wichtig aussehende Personen in dunklen Anzügen, mit Schlips und Krawatte erschienen am Zaun und versuchten zu beschwichtigen. Allmählich beruhigten sich die aufgebrachten Tiere etwas. Aber nur etwas. So laut zu demonstrieren war echt anstrengend, und das waren sie auch nicht gewohnt. Es war schließlich das erste Mal in was weiß ich, wie vielen hundert Jahren.

Die Menschen waren offenbar bereit zu verhandeln. Ein besonders edler Herr, der auf seinem schwarzen Anzug eine Ladung des Alpakas abgekriegt hatte, beruhigte: „ganz ruhig, wir können über alles reden. Wir hätten Euch vorher fragen

© 2025 Charlene Wolff

sollen, das ist mein Fehler. Das tut mir auch schrecklich leid. Ich glaube, Ihr versteht das falsch. Was die Bauarbeiter hier bauen wollen, ist ein Hotel für Mäuse; nicht für Menschen. Es wird also nicht riesengroß und Ihr braucht auch keine Angst haben, dass ihr unangenehme Nachbarn bekommt. Ihr wollt doch alle Essen haben und gut leben, oder?"

Die Tiere nickten stumm.

„Ein Tierpark braucht Attraktionen. Da muss immer mal etwas Neues sein, sonst kommen die Besucher nicht mehr, und wenn sie nicht kommen, bezahlen sie keinen Eintritt, und wenn sie keinen Eintritt bezahlen, können wir kein Futter für Euch kaufen und den Tierarzt nicht bezahlen und so weiter. Deshalb möchten wir, dass hier nebenan die bunten Farbmäuse einziehen."

Verwirrt blickten sie den Direktor an.

„Na Farbmäuse! Wenn ihr die noch nicht kennt, werdet Ihr sie kennenlernen. Denkt an Karneval und kunterbunt verkleiden. Sie lieben Farben und für sie bauen wir dieses Hotel. Wollt Ihr auch ein Hotel?" Der Mann grinste.

Die Tiere lehnten vehement ab. Sie liebten die freie Natur. Wenn das Wetter schlecht war, konnten sie unter dem Unterschlupf Schutz suchen. Das war ihnen viel lieber als ein stickiges Hotelzimmer oder ein enger, schmutziger Stall. Schmutzig ist ohnehin nur ein menschlicher Begriff und

© 2025 Charlene Wolff

ziemlich relativ. Was ist schmutzig? Sand? Kaka vom Kakdu? Heu? Stroh? Die Geschäfte der Menschen? Die Gedanken, die sich manch ein Mensch machte, wenn er einen Artgenossen (meist) des anderen Geschlechts anstarrte?

Schließlich willigten die Tiere ein. Ein bisschen Bestechung war auch dabei. Der Direktor versprach ihnen, dass es ein großes Fest geben würde, wenn das Hotel fertig ist. Ein Fest mit leckerem Essen und einem Konzert mit Ostrock – extra für unsere Freunde.

„Kaffee trinken und guten Tag", forderte der eine Kakadu.

„Einverstanden, mit Kaffee trinken", nickte der Mann.

„Kaffee trinken und guten Tag", wiederholte der Kakadu.

„Wenn Du darauf bestehst, mit Kaffee trinken und guten Tag!"

Ich denke, so recht glauben konnten sie es nicht. Schon allzu oft hatten die Menschen getan und gelassen, wie es ihnen beliebte. „Kein Geld" hieß es meistens oder „jetzt nicht, später". Aber wenn es das Fest wirklich geben würde…

…und wenn nicht – dann würden sie eben eine neue Demonstration machen müssen und ihr Recht einfordern. Und dann müssten die Farbläuse (oder wie die heißen) und die eingebildeten Filmdiven, die schon seit einiger Zeit nebenan lebten (schrecklich langweilige gepanzerte Gesellen) mit protestieren.

    © 2025 Charlene Wolff

Das große Fest wirft seine Schatten voraus

Zwei Männer standen am Zaun vor dem Gehege unserer Freunde und diskutierten aufgeregt. „das werden sie nicht mögen. Kängurus essen keine Pizza!" Das fand der andere wohl ziemlich ungewöhnlich. „Mamma Mia! Pizza ist das Beste, das die italienische Küche überhaupt hergibt. Prego, Pizza ist bonfortionös!" „Mag ja alles sein", konterte der andere, „aber wir haben hier Kängurus. Die essen keine Pizza!"

Die aufgeregte Diskussion ging noch eine Weile weiter. Angewidert schauten die Tiere zu den beiden hinüber und verstanden nicht, worum es ging. „Kaffee trinken und guten Tag", fluchte der Kakadu lautstark. Die Männer hielten in ihrem Streit inne und starrten den Vogel an. „Kaffee trinken und guten Tag!" kreischte er wieder.

„Warum diskutieren wir hier eigentlich, fragen wir sie doch selber", meinte der italienisch aussehende Mann. Sein Gegenüber nickte. Dann drehten sie sich zu den Tieren und riefen: „was möchtet Ihr essen? WAS MÖCHTET IHR ZUM FEST ESSEN?"

Die anderen Tiere kamen dazu und alle stellten sich an den Zaun. „Kaffee trinken und guten Tag", bläkte wieder der Kakadu. „Ok, das haben wir verstanden", nickten die Männer.

© 2025 Charlene Wolff

So konnte es funktionieren. Wenn jetzt nur auch die anderen Tiere hätten menschliche Sprache sprechen können. Aber versuch das mal mit einem Maul wie das Alpaka hat oder einer Schnauze wie das Känguru! „Wir brauchen einen Dolmetscher", erkannten die Menschen. Eine Frau in Arbeitskleidung kam mit einer Schubkarre vorbei. „Na, Probleme?" grinste sie die beiden Herren an.

„Wir wollen gerade herausfinden, was Eure Tiere zum Fest essen wollen. Dieser Italiener hier, will unbedingt Pizza servieren, und der Kakadu will Kaffee trinken und guten Tag. Jetzt wissen wir nicht, was wir machen sollen. Die Tiere sollen schließlich einen Festschmaus kriegen."

„Kaffee trinken und guten Tag!" krächzte es wieder aus dem Gehege. Die Tierpflegerin schmunzelte. „Das sagt er immer. Dabei kann er gar keinen Kaffee trinken. Also, die Kängurus, die kann man verwöhnen mit Gräsern, Kräutern, Blättern, Samen, Früchten, Knollen, Zwiebeln und sogar Edelpilzen wie Trüffel. Käferlarven mögen sie auch. Je frischer, desto besser."

„Ok, das ist ja schon mal eine Aussage." „Mamma Mia, und ich dachte, die stehen total auf original italienische Pizza aus dem Steinofen!" „Vergessen Sie es, damit können sie unsere Parkbesucher erfreuen, aber bitte nicht die Tiere. Die brauchen ihre eigenen Essen, unser Essen macht sie krank. Nein,

© 2025 Charlene Wolff

widersprechen Sie mir nicht. Pizza für die Menschen — nicht für die Tiere!" Der Mann nickte genervt. „Die Kakadus trinken bitte keinen Kaffee — zumindest nicht mit Koffein. Ich meine, Sie können ja mal den Versuch machen und ihnen eine kleine Schale hinstellen. Aber ohne Koffein!"

„Ok."

„Sie können sie erfreuen mit Beeren, Nüssen, Früchten und Samen. Auch Kräuter, kleine Raupen und Larven verschmähen sie nicht. Allzu gerne machen sie sich über Getreidefelder her und plündern diese. Pizza bitte nicht, aber Getreide verschlingen sie gerne."

„Wie viele Kakadus sind es eigentlich? Ich höre immer diesen einen vorlauten." „Kaffee trinken und guten Tag!" schallte es wieder herüber. Der Mann konnte nicht mehr darüber lachen. „Die Alpakas vertragen nur Gras und Heu. Alles andere würde sie vergiften."

„Oy! Das wäre ja nicht meine Diät. Da würde ich eingehen", meinte der eine Herr, „mein Gemüse heißt Bratwurst!" Die Menschen gingen lachend davon.

Der Tierparkdirektor — zumindest nahmen die Tiere an, dass er das wäre — klopfte an den Zaun. Die Freunde trabten hin, weil sie wissen wollten, was los ist. „Hört mal, bevor wir wieder ein Missverständnis haben, möchte ich vorher mit Euch reden." Die Tiere nickten. „Zu unserem großen Fest

© 2025 Charlene Wolff

kommt auch jemand, der macht Musik. Menschliche Musik. Ob Ihr das mögt, das wissen wir noch gar nicht, denn wir machen das zum ersten Mal. Der Mann, der da Musik macht, spielt Ostrock. „OSTROCK, geil!" tönte ein Kakadu von weiter hinten. Der Direktor schmunzelte und murmelte für sich „Ostrock, geil, na dann ist ja alles bestens!" „Gut. Danke für Eure Aufmerksamkeit. Sollte es Euch nicht gefallen, dann lasst mich das hinterher bitte wissen." „OSTROCK, geil", krächzte der Kakadu und alle sahen zu ihm hin.

© 2025 Charlene Wolff

Das große Fest

Das neue Hotel „Zur bunten Maus" war in sehr kurzer Zeit aus dem Boden gestampft worden. Es bot allen erdenklichen Luxus und Comfort, den Alpakas und Kängurus nicht brauchen, und auch die neuen Bewohner waren inzwischen eingezogen. Fußbodenheizung, bunte Fliesen, elektrisches Licht, Fahrstuhl und goldene Wasserhähne, so hörte man gerüchteweise. Man unkte sogar, dass die Mäuse den Sommer wohl in der Karibik auf ihrer bunten Luxusjacht verbringen würden.

Die Tiere konnten es kaum fassen, aber der Direktor hielt tatsächlich Wort. Menschen wirbelten geschäftig durch die Anlage und bereiteten alles für das große Fest vor. Der Kakadu freute sich „Kaffeetrinken und guten Tag!" und sein Artgenosse krächzte: „OSTROCK, geil!" Kopfschüttelnd schaute das Alpaka sie an, und die Kängurus dachten sich stumm ihren Teil und grasten genüsslich weiter.

Alle reckten die Köpfe, als ein Auto über den Weg vor ihrem Gehege entlang brummte. Ein großes blaues Auto mit einem lustigen bunten Bild an der Seite. Noch mehr Farbmäuse? „OSTROCK, geil!" kommentierte der vorlaute Kakadu.

Weiter entfernt im Park sahen die Tiere, wie Menschen eine Bühne aufbauten. Dort hielt auch das Auto, zwei Personen sprangen heraus und luden sogleich viele seltsame Dinge

© 2025 Charlene Wolff

aus, die die Menschen „Technik" nennen. Jetzt waren sich unsere Freunde ganz sicher: es würde tatsächlich dieses Fest geben, und der Mann aus dem blauen Auto war dann sicher der Musiker. Na ja, ihnen konnte es recht sein. Sie freuten sich schon auf leckeres Essen und Spaß.

In den frühen Morgenstunden herrschte heute viel mehr Betrieb als sonst. Gärtner harkten nochmal akribisch die Wege, der Rasenmäher knatterte über die Wiese, und viele Menschen rannten geschäftig hin und her.

Als die Kirchturmuhr 9-mal schlug, beruhigte sich die Hektik. Nach und nach begannen Tierparkbesucher hereinzuströmen. Sie schauten nur kurz in die Gehege und strebten dann dem großen Platz mit der Bühne zu. Von dort erklangen immer wieder laute Geräusche, die vermutlich das sein sollten, was die Menschen „Musik" nannten. Der Musiker schien die Tiersprache zu sprechen. Laut tönte „tsss, tsss, tsss!" herüber, und der vorlaute Kakadu konnte wieder seinen Schnabel nicht halten.

Dann wurde es wieder still für eine Weile. Jetzt war nur noch das allgemeine Stimmengewirr zu hören. Eine Tierpflegerin erschien. Sie bedeutete dem vorlauten Vogel, dass er zu ihr auf den Arm hüpfen sollte. Er tat es und war zunächst verwirrt. Heute war alles so aufregend! Da musste er doch gleich erstmal kacken. „Du!!!" schimpfte die Pflegerin

© 2025 Charlene Wolff

schmunzelnd. „Bist aufgeregt, das verstehe ich." Dann verließen die beiden das Gehege. Der Kakadu fühlte sich sehr geehrt, dass er durch den Park getragen wurde. Das kam nicht allzu oft vor, und so machte er tausend Verbeugungen.

Die Frau ging schnurstracks auf die Bühne zu. Was mochte sie vorhaben? Auf der Bühne angekommen griff sie mit der freien Hand nach einem seltsamen Gegenstand mit einem langen Schwanz, der in einem bunten Kasten endete. Die Menschen haben schon sehr merkwürdige Angewohnheiten und Dinge!

Als sie ihre Stimme erhob, tönte diese tausendfach verstärkt aus den großen Kisten, die vor der Bühne standen. „Guten Tag, liebe Besucher von unserem lieblichen kleinen Tierpark Zabakuck! Ich möchte Sie ganz herzlich begrüßen zu unserem großen Fest und freue mich, dass doch so viele den Weg hierher gefunden haben. Unser Tierpark ist nicht groß, aber er ist klein und gemütlich. Und heute feiern wir nun endlich unser großes Frühlingsfest.

Dazu haben wir extra den Ossi mit Niveau Lutz Görting aus Thüringen einfliegen lassen, der uns mit einem Ostrock-Konzert vom Feinsten unterhalten wird." „OSTROCK, geil!" tönte es vom Gehege herüber, und das Publikum lachte und drehte belustigt die Köpfe.

© 2025 Charlene Wolff

Der besagte Musiker stand bereits hinter seinem Ständer mit schwarzen und weißen Streifen, vielen kleinen Knöpfen und Lichtern und rückte einen Kasten aus Holz zurecht, den er sich um den Bauch gebunden hatte.

„Hier auf dem Arm habe ich einen unserer drei Kakadus, der sicher auch ein paar Worte an Sie richten möchte." Die Frau hielt dieses Ding mit dem langen Schwanz direkt vor den Schnabel, und der Kakadu verstand offenbar sofort, was von ihm erwartet wurde, denn er krächzte wieder seinen Lieblingsspruch: „Kaffeetrinken und guten Tag!", der nun tausendfach verstärkt über den Platz schallte.

„Begrüßen Sie nun unseren Lutzi", die Tierpflegerin deutete auf den Mann mit den Brettern und dieser drückte auf die Tasten. Laute Musik erschallte, wie unsere Freunde sie noch nie gehört hatten. Vom Gehege herüber tönte wieder „OSTROCK, geil!", und der Kakadu auf dem Arm der Pflegerin antwortete „Kaffeetrinken und guten Tag!", aber diesmal in normaler Lautstärke, denn die Frau hatte das Mikrofon wieder weggelegt und war mit ihm auf dem Weg zurück zum Gehege.

Die Tiere standen alle dicht an den Zaun gedrängt und wollten ja nichts verpassen. Wann kam es schon mal vor, dass in Zabakuck so viel los war! Da musste man doch alles auskosten bis zum letzten Ton! Die Kängurus mussten dem Kakadu irgendwie recht geben. Ostrock war tatsächlich geil, zumin-

© 2025 Charlene Wolff

dest so wie er hier erklang. Immer mehr Besucher strömten herbei, und jetzt, wo die Musik durch den Park schallte, versuchten auch etliche Tiere mitzusingen. Für die Menschen mag das seltsam und schräg geklungen haben, aber für unsere Freunde war es ein großes Erlebnis, von dem sie noch viele Generationen erzählen würden. Vielleicht die menschlichen Besucher ja auch, denn einen Musiker wie den Ossi mit Niveau aus Blankenberg am Rennsteig gibt es nicht zweimal.

© 2025 Charlene Wolff

Die Schildkröte vom Film

„Das waren noch Zeiten", erinnerte sich die große alte Schildkröte. „Ich war damals beim Film, versteht Ihr? Beim Film! Hollywood, Action, Stuntmänner, Steven Spielberg. Das war eine aufregende Zeit. Sehr hektisch. Aber es gab gute Gage. So viel Salat, mehr als ich essen konnte. Eigentlich konnte ich nie aufessen. Kaum hatte ich den ersten Happen im Mund, da rief schon wieder der Regisseur, ob es nun endlich weitergehen könnte. Ich musste mich immer schrecklich beeilen."

„Aber Schildkröten sind doch furchtbar langsam", meinte der kleine Max.

„Was denkst Du eigentlich, wen Du hier vor Dir hast? Ich bin Speedy Gonzales, die schnellste Schildkröte im Wilden Jericho!"

„Entschuldige, aber für mich bewegst Du Dich furchtbar langsam. Aber erzähl weiter!"

„Das ist nicht langsam, Menschenjunge! Das ist schnell, aber was Du da machst ist entsetzlich hektisch. Nun drängel doch so eine alte Filmdiva nicht so!"

„Entschuldige, erzähl weiter!"

„Du bist wohl neugierig, willst alles wissen? Na gut, … ich erzähl ja schon weiter.

© 2025 Charlene Wolff

Von meinem Salat bis zum Set – weißt Du was ein Set ist?"

„Nö. Was ist das?"

„Set ist da, wo sie die Kulissen aufgebaut haben und ihren Film drehen."

„Ah, verstehe."

„Also von meinem Set bis zum Salat… äh umgekehrt! Von meinem Salat zu meinem Set – Junge, Du bringst mich ganz durcheinander. Kannst Du nicht einfach nur still dasitzen und zuhören?"

„Was ist nun mit dem Set und dem Salat?" drängelte Max weiter.

„Von meinem Salat bis zum Set…"

„…das sagtest Du schon."

„Mann! Lass mich doch ausreden! Ich muss mich konzentrieren!…

Also das ist sehr weit. Bestimmt 2-3 Meter."

Max kiecherte.

„Lach nicht so dämlich! Denk dran, ich war die schnellste Schildkröte Jerichos! Ich war richtig schnell!" Die Schildkröte verfiel wieder in ihr stummes Grübeln.

„Erzähl weiter", forderte Max auf.

© 2025 Charlene Wolff

Gedankenverloren schaute die Schildkröte den Jungen an, dann kehrte wieder das entschiedene Glänzen in ihre Augen zurück.

„Wo war ich gerade?"

„Und Du warst ein richtiger Filmstar?"

„Ja, ich war die Marilyn Monroe unter den Schildkröten, der Richard Gere… Ich war so berühmt… Das kannst Du Dir gar nicht vorstellen."

Max überlegte fieberhaft, ob er im Film überhaupt schon mal eine Schildkröte gesehen hatte. „Wie war das so beim Film?"

„Schön warm. Da waren viele heiße Scheinwerfer. Klasse!"

„Was für eine Rolle hattest Du denn eigentlich?"

„Oh, ich hatte eine sehr wichtige Rolle, das kannst Du mir glauben!"

„Was musstest Du da machen?"

„Ich musste nur ganz schnell über den Weg laufen."

„Das kannst Du doch gar nicht. Du bist doch so langsam!"

„Ach Mann! Mit Dir macht es ja gar keinen Spaß, sich zu unterhalten! Wenn Du immer nur hetzt und meinst, alles besser zu wissen, ziehe ich mich jetzt in meinen Panzer zurück. Au revoir!"

© 2025 Charlene Wolff

Das Mäusehotel

„Leute, es gibt Snobs, das könnt Ihr Euch gar nicht vorstellen!" piepste die Feldmaus Lilli. „Die wohnen in einem Palast, der ist so sagenhaft… so legendär… so unfassbar, ein sagenhafter Reichtum", piepste sie ganz aufgeregt.

„Na, na, nun beruhig Dich doch erstmal, und dann erzählst Du das langsam und geordnet, was Du gesehen hast!" sagte die Mutter. „Du bist ja ganz außer Atem!"

Lilli ließ sich auf ihrem Moosbett nieder und versuchte sich zu beruhigen. Das wollte ihr vor lauter Aufregung gar nicht recht gelingen.

„Also was ist los?" fragte nach einer Weile die Mutter.

„Die leben in einem Haus!" begann Lilli, „in einem EIGENEN Haus!"

„Ein eigenes Haus haben die?" fragte die Mutter.

„Ja! Ein eigenes Haus nur für sich alleine! Und die haben elektrisches Licht und Heizung und bunte Fliesen und goldene Wasserhähne und Bedienstete, die ihnen so viel Essen bringen, wann immer sie wollen, dass sie gar nicht alles aufessen können!"

Die Mutter runzelte die Stirn und betrachtete Lilli mitleidig. Was war nur in das Kind gefahren? So etwas gab es doch gar

© 2025 Charlene Wolff

nicht! Mäuse lebten schon mal in einem großen Haus, wo sie viel zu essen fanden, wenn die Bewohner es in einem unachtsamen Moment stehengelassen hatten. Sie erinnerte sich noch mit Grinsen an den Tag, wo sie die Umzugskartons entdeckt hatte. Ihr feiner Spürsinn hatte ihr gezeigt, dass Lebensmittel darin sein mussten. Eine Tüte mit Buchstabennudeln war das gewesen. Die hatte sie verschlungen, dass ihr Hören und Sehen vergangen war. Und als sie von ihrem Freßkoma wieder erwacht war, konnte sie lesen.

Sie hatte auch eine unglaubliche Geschicktheit darin entwickelt, die Leckerbissen aus Mausefallen herauszuholen, ohne sie auszulösen. Gut war es ihnen seitdem ergangen.

„Du glaubst mir nicht!" piepste Lilli.

„Natürlich glaube ich Dir", entgegnete die Mutter wenig überzeugend.

„Nein, das tust Du nicht! Die haben ein eigenes Haus, nur für sich alleine."

„Nun mal langsam! Du meinst, die wohnen nicht bei Menschen?"

„Nein… äh… doch… äh nein".

„Was meinst Du damit, was denn nun?"

„Die wohnen alleine und die Menschen sind nur ihre Diener."

© 2025 Charlene Wolff

„Jetzt tünst Du aber", lachte die Mutter. „Das gibt es ja gar nicht!"

„Doch! Doch! Das müsstest Du sehen, Mami! Die haben sogar ihr eigenes Hotel! Ein ganzes Hotel nur für sich alleine!"

„Was hat Lilli doch für eine blühende Fantasie!" stöhnte die Mutter innerlich. „Was haben die denn noch alles?" bohrte sie weiter.

„Die haben elektrisches Licht!" Lilli sah ihre Mutter forschend an. „Elektrisches Licht. Und Fußbodenheizung!"

„Sowas kenne ich gar nicht!" bekannte diese.

„und goldene Türdrücker und Gardinen vor den Fenstern und eine Putzfrau, die jeden Tag sauber macht und Essen so viel sie wollen…"

„…und vor der Tür eine Garage mit einem Rolls Royce und einem Ferrari…" warf die Mutter ein.

„…nein, das hab ich nicht gesehen. Aber dann glaubst Du mir jetzt also!"

„Und wo ist dieses Mäusehotel, mein Kind?"

„Da drüben im Tierpark Zabakuck!"

„Im Tierpark sagst Du?"

Lilli nickte.

„Da musst Du aber ganz vorsichtig sein. Die Menschen sperren die Tiere ein."

„Das weiß ich doch, Mami, aber ich kann mich so flach machen wie eine Briefmarke. Und dann komme ich unter jeder Tür durch."

„…ich weiß, ich weiß" murmelte die Mutter verdrossen. Sie hatte das gewiss nicht nur einmal erlebt und das meist im unpassendsten Moment. „Und hast Du die Mäuse kennengelernt? Wie heißen die denn?"

Lilli senkte den Kopf. „Nein, hab ich nicht. Die sind so hochnäsig, die wollen mit gewöhnlichen Mäusen wie mir nichts zu tun haben."

„Dann geh auch nicht mehr hin. Wenn die so in Saus und Braus leben wollen, ist das ihre Sache. Wir sind mit dem, was wir haben doch sehr zufrieden, und das soll auch so bleiben."

© 2025 Charlene Wolff

Haustiere

Haben Sie Haustiere? Ich hab ja keine. Hunde machen mir zu viele Haufen, und immer mit Plastikbeuteln bewaffnet hinterherzulaufen macht mir keinen Spaß. Katzen sind mir zu eigensinnig. Und wenn ich verreise, dann sind Haustiere sehr lästig. Man muss sich immer nach ihnen richten. So ein Viech kann auch mal einen Schlaganfall kriegen oder sonstwie krank werden. Tierärzte sind heutzutage teuer. Und dann gibt es so viele Gesetze und Regelungen, dass man seine Tiere impfen lassen muss usw. Das finde ich zu aufwendig.

Also ganz stimmt es nicht, dass ich keine Haustiere habe. Wenn ich abends nach Hause komme und das Licht einschalte, begrüßen mich fröhlich die Silberfischchen im Flur. Sie tanzen einen Freudentanz im Teppich, und ich bin gar nicht so beglückt. Manchmal finden auch ein paar Motten, Schuster oder Spinnen den Weg zu mir. Dabei hatte ich doch entschieden: keine Haustiere! Basta!

Früher war das ja was anderes. Als wir damals noch auf den Bäumen gelebt haben, da hatten wir doch alle mal Läuse oder Flöhe. Das war ganz normal.

© 2025 Charlene Wolff

Da war das mit dieser *Hygiene* auch noch nicht erfunden.

Es gab auch noch kein SmartPhone. Man hat sich stundenlang gegenseitig gelaust, und das hat gutgetan. Man hat sich dabei viel besser gefühlt. Stellen Sie sich das mal heute vor. Heute macht Ihnen keiner die Läuse weg. Die hat man mit den Fingern gepickt und dann mit leichtem Knacken zerdrückt. Wie soll das mit dem SmartPhone gehen? Man fotografiert jede eigene Laus, lädt das Foto hoch auf Facebook oder Instagram und zerdrückt sie dann selber? Na hören Sie mal, mit Sozialkompetenz hat das dann aber gar nichts mehr zu tun!

© 2025 Charlene Wolff

Worüber hatten wir gerade gesprochen? Ach ja, Haustiere.

Ich hatte früher auch mal ein Mastodon.

Nein, das ist kein Geschwür. Keine Krankheit. Mastodon,

sagt Ihnen das nichts?

Ist Ihnen der Begriff *Mammut* lieber? Ok. Ein Mammut. Das war ein ganz liebes Tier. Es war noch klein. Die wurden ja bis zu 4 m hoch. Meines war vielleicht 2. Das Fell war ganz kuschelig. Nein! Ich habe es doch nicht geschlachtet! Wo denken Sie hin! Wenn Sie einen Hund haben, sagen Sie ja auch, sein Fell sei kuschelig, obwohl sie es ihm nicht abziehen!

Eines Tages haben Jäger mein Mastodon verjagt. Es ist nicht wiedergekommen. Da war ich traurig. Ich hatte dann eine

© 2025 Charlene Wolff

Weile einen Babysaurier von meiner Freundin Susanne zur Pflege. Flecken wie eine Giraffe hatte sein Fell und einen fürchterlichen Mundgeruch. Einmal wollte jemand bei mir einbrechen und da hat Rex ihn angehaucht. Der Einbrecher ist auf der Stelle umgefallen und kam erst wieder zu sich,

nachdem wir ihm einen Eimer Wasser über den Kopf gegossen haben.

Ja, so sehr zimperlich waren wir damals nicht mit unseren Einbrechern. Aber die waren ja auch nicht gerade zimperlich.

Im Sommer färbte sich die Haut von Rex grün. Er war ja nun schon ein großes Baby, und so machten wir schöne Aus-

© 2025 Charlene Wolff

ritte. Im Damensitz ging das ganz gut, obwohl es ein wenig wackelig da oben war. Nervig wurde es, wenn Rex plötzlich Appetit bekam, weil etwas zu essen vorbei lief. Dann drehte er völlig durch, und das ist auch der Grund, weshalb ich ihn Susanne zurückgab. Überhaupt hatte das Riesenbaby einen unstillbaren Appetit auf Fleisch, und dabei esse ich selber doch ziemlich wenig Fleisch. Das kann die Haushaltskasse ganz schön belasten, und damals, als wir noch mit Kaurimuscheln bezahlten, brauchten wir immer große Säcke für das Zahlungsmittel. Die heutigen Kreditkarten sind sehr praktisch. Sie sind bei weitem nicht so sperrig. Aber wie gesagt, auf Dauer wurde mir Rex' Hunger einfach zu teuer. Ich glaube aber, Susanne hat ihn auch bald ins Tierheim gebracht

© 2025 Charlene Wolff

und gegen einen Säbelzahntiger eingetauscht. Sie liebt ja Katzen.

Einmal im Urlaub habe ich mir einen Reitsaurier gemietet. Der war noch eine Ecke größer, aber er war ja auch kein Baby mehr. Trotzdem war er mir sympathischer, weil er sich von Pflanzen ernährte. Das tat er zwar unentwegt, aber da es genügend Parks gab, war das kein Problem. Es schaukelte da oben auch ganz gemächlich. Mit 4 Beinen ist es eben doch etwas sanfter als mit zweien. Dabei ging es mit jedem Schritt gleich einige Meter weiter, so dass man am Tag eine ganz schöne Entfernung zurücklegen konnte. So hoch oben war es als Königin auch viel standesgemäßer. Und der Ausblick war unschlagbar.

Ich wandte mich den kleineren Haustieren zu. So ein großes hätte ich gar nicht in meine Wohnung im 3. Stock bekommen. Der Hals alleine hätte mit seinen 20 m Höhe ja schon über das Haus hinweg geguckt. Mit Kakerlaken habe ich es

© 2025 Charlene Wolff

versucht, mit Fliegen und mit Ameisen. So richtig Freude haben mir meine Haustiere nicht gemacht. Vielleicht bin ich doch nicht der Haustiertyp. Deshalb habe ich irgendwann entschieden: die Tiere kommen weg. Das war gar nicht so ein leichter Schritt. Bei größeren Tieren kann man ja einfach warten, bis sie von alleine sterben und sie dann nicht ersetzen. Bei den kleinen funktioniert das aber nicht. Die Ameise zum Beispiel: erst hatte ich eine, dann lief mir noch eine zu, schnell waren es 3, 5, 17, 269... Da musste ich handeln, sonst wären sämtliche Ameisen der Welt in Kürze bei mir eingezogen.

Bei den Fliegen habe ich fast das Gleiche erlebt. Eines Tages habe ich ein benutztes Rotweinglas nicht in die Spülmaschine gestellt. Am nächsten Tag wimmelte es nur so von Fliegen. Hätten Sie gewusst, dass Fliegen unheimlich gerne Wein trinken? Hätte ich auch nicht gedacht. Man sagt immer, Scheiße sei lecker, eine Milliarde Fliegen könne sich nicht irren. Aber dass sie auch Wein lieben, das war mir neu.

Haben Sie denn auch Haustiere? Fledermäuse? Tatsächlich? Die sind gut für die Zähne? So? Ach ja, wegen der Ultraschall Reinigung, ich verstehe. Dann wünsche ich Ihnen noch viel Spaß mit Ihren Haustieren. Ich für meinen Teil gehe doch lieber alleine in mein Bett als mit einem Hund, einer Katze, den Silberfischchen oder dem Mastodon. Ich habe mich jetzt schon ganz gut daran gewöhnt.

© 2025 Charlene Wolff

Unerwünschte Haustiere

Über die Zeichentrickfilme mit Tom & Jerry kann ich mich auch als Erwachsene noch amüsieren. Es ist der klassische Konflikt zwischen dem Kleineren und dem Größeren, bei dem man instinktiv auf der Seite des Kleineren ist und eine himmlische Schadenfreude empfindet, wenn der Schwächere dem Stärkeren eins auswischt. Das Schöne an den Animationsfilmen ist, dass unmögliche Dinge möglich sind wie die Katze, die von der Dampfwalze plattgewalzt wird, hinterher wieder aufsteht und sich schüttelt, bis sie ihre ursprüngliche Form wieder hat. Oder die Katze, die das Dynamit verschluckt, explodiert, dumm und ramponiert aus der Wäsche schaut und dann doch wieder heil und unbeeindruckt hinter der Maus herjagt.

2020 war nicht nur das Corona-Jahr; es war auch das Jahr der Mäuse. Das besagen schon die chinesischen Tierkreiszeichen. Im Chinesischen wird kein Unterschied gemacht zwischen Mäusen und Ratten. Mir ist auch nicht bekannt, worin sie sich außer in der Größe (und dem Schaden, den sie anrichten) unterscheiden.

Auf den Feldern soll es — so berichteten die Medien — eine wahre Mäuseplage gegeben haben. Sie traten in Massen auf und richteten erheblichen Schaden an. Wegen des Natur-

44

© 2025 Charlene Wolff

Tierkreiszeichen	Geburtsjahre	Eigenschaft
Ratte	1936, 1948, 1960, 1972, 1984,1996, 2008, 2020	intelllgent, ideenreich, vielseitig, nett
Büffel	1937, 1949, 1961, 1973, 1985, 1997, 2009, 2021	fleißig, zuverlässig, kraftvoll, unnachgiebig
Tiger	1938, 1950, 1962, 1974, 1986, 1998, 2010, 2022	mutig, selbstbewusst, kämpferisch
Hase	1939, 1951, 1963, 1975, 1987, 1999, 2011, 2023	elegant, freundlich, feinsinnig, sensibel
Drache	1940, 1952, 1964, 1976, 1988, 2000, 2012, 2024	selbstbewusst, intelligent, enthusiastisch
Schlange	1941, 1953, 1965, 1977, 1989, 2001, 2013, 2025	Intelligent schlau, geheimnisvoll
Pferd	1942, 1954, 1966, 1978, 1990, 2002, 2014, 2026	aktiv, kraftvoll, abenteuerlustig
Ziege	1943, 1955, 1967, 1979, 1991, 2003, 2015, 2027	empfindsam, sympathisch, hilfsbereit, liebenswürdig
Affe	1944, 1956, 1968, 1980, 1992, 2004, 2016, 2028	intelligent, ehrgeizig, neugierig, humorvoll
Hahn	1945, 1957, 1969, 1981, 1993, 2005, 2017, 2029	fleißig, mutig, stolz
Hund	1946, 1958, 1970, 1982, 1994, 2006, 2018, 2030	umgänglich, nett, treu, bodenständig
Schwein	1947, 1959, 1971, 1983, 1995, 2007, 2019, 2031	großzügig, freundlich, mitfühlend

schutzes durften sie nur recht eingeschränkt mit Gift bekämpft werden, weil sonst die Population der unter Artenschutz stehenden Feldhamster gefährdet sei. Ich habe noch nie auf einem Feld einen Hamster gesehen.

Als ich 2020 aus der Großstadt in ein neues (altes) Haus in einem kleinen Ort zog, ahnte ich nicht, was ich dort erleben sollte. Zuerst waren es die Spinnen, die sich überall breit machten. Sie mögen ja nützliche Tiere sein, aber ich mag sie nicht in meiner Wohnung haben.

© 2025 Charlene Wolff

Dann kam die Zeit der Wespen und Hornissen. Draußen am Gartentisch wechselten sie sich ständig ab, und dass Hornissen angeblich Wespen verjagen oder fressen, war in der Realität nicht nachzuvollziehen.

Dann ließ auch das ein wenig nach, und es kam die Zeit der Mücken. Es verging kaum eine Nacht, in der nicht eine oder mehrere dieser Blutsauger den Weg ins Schlafzimmer fanden, wo sie hinterlistig ausharrten, bis das Licht ausging. Manche waren so schlau, ihre Kamikazeangriffe erst im Moment des einsetzenden Schlafes zu starten. Falls man nicht bereits von dem verdächtigen Summen hellwach war, stand man spätestens dann senkrecht im Bett, wenn der Sturzflug übers Gesicht laut genug zu hören war, dass an Schlaf nicht mehr zu denken war.

Es war und blieb ein ungelöstes Rätsel, wohin die Quälgeister jedes Mal innerhalb von Millisekunden verschwanden, sobald man das Licht einschaltete. Man hörte sie laut und deutlich – also ganz nah, Licht an… weg! Die eine oder andere erledigte ich nach längerem Kriegszustand dennoch auf die eine oder andere Art und Weise. Hilfreich war dabei anfangs mein kleiner Akkustaubsauger, denn schlägt man sie platt, hat das Flecken zur Folge, mit denen man vielleicht noch länger zu kämpfen hat als mit der Jagd nach diesen Monstern.

© 2025 Charlene Wolff

Ok, ich gebe zu, die Mücken waren nicht sonderlich groß. Aber trotzdem galten meine Sympathien niemals der Seite der Gejagten, sondern stets den Jägern. War die Schlacht geschlagen, versuchte ich meist vergeblich, in den Schlaf zu finden. Falls es mir dann doch gelang, Ruhe zu finden, begann das Spiel zumeist von vorn.

Mit der Zeit wurden die Unruhestifter immer größer und stärker. Da kam es durchaus mal vor, dass die Viecher dem Staubsauger die Zunge rausstreckten und lästernd davonflogen. Bei den Spinnen war es ähnlich gewesen. Wenn anfangs der Akkusauger reichte, musste später der große Staubsauger geholt werden, nur war der wesentlich unhandlicher, langsam und schwer und vor allem brauchte er eine Steckdose und Kabel, so dass man eher von lahmer Verfolgung als von Jagd sprechen muss.

Die Zeit der Mücken ging mit dem ersten Frost ihrem Ende entgegen, was aber nicht bedeutete, dass wir endlich wieder ruhig schlafen konnten, denn im Haus gab es keinen Frost. Stattdessen aber doch noch vereinzelte Mücken, und wenn man morgens mit juckenden Punkten an Armen oder Beinen aufwachte, wusste man: sie waren da gewesen.

Endlich gab es kaum noch Mücken, und wir dachten, wir könnten aufatmen. Aber im Küchenschrank mit den Kochtöpfen entdeckten wir eines Tages kleine schwarze Krümel,

© 2025 Charlene Wolff

die nichts anderes als Mäusekot sein konnten. Eine Mausefalle wurde aufgestellt, und einige Tage später hatten wir den Bösewicht gestellt.

Da wir nicht so sicher waren, dass wir nun Ruhe hatten, wurde die Falle wieder aufgestellt, aber außer weiteren Mäuseknüdeln entdeckten wir nichts Verdächtiges.

Nun wohnte ich zu der Zeit bei meinem Freund, während wir das Haus gegenüber, in dem auch meine ganzen Umzugskartons standen, renovierten. Bei meinem Freund hatte ich nur die wichtigsten Sachen, die ich oft brauchte sowie meine ganzen Backzutaten und andere Lebensmittel abgestellt.

Eines Tages hörte ich es beim Renovieren in einem Karton rascheln und hatte sofort den Verdacht, es könnte eine Maus sein. Vorsichtig trug ich eilends den Karton ins Freie, schloss die Haustür und machte mich daran, alle Sachen auszupacken. Das waren vor allem Küchenutensilien wie Töpfe, Dosen, ein Hackebeil, Topflappen und anderes. Irgendwann wurde es der Maus offenbar zu brenzlich, und sie huschte aus dem Karton und in den Garten.

Während ich weiter in meinem Umzugskarton wühlte, hörte ich es erneut rascheln. Erst als ich die Springform heraushob, huschte eine kleine Maus davon. Der Boden des Kartons war mit Mäusekot bedeckt, und die Tüte mit Buchsta-

© 2025 Charlene Wolff

bennudeln, die dort drin gewesen war, bestand nur noch aus dem Plastik, durch das sich die Mäuse genagt hatten. Auf jeden Fall handelt es sich nun um gebildete Mäuse, und es war stilecht, denn schließlich bin ich als die Königin der Texte bekannt. Warum also sollten Mäuse bei mir die Spaghetti annagen, wenn es doch viel passender ist, die Buchstabennudeln zu fressen?!?

Mit den Mäusen hatte ich jedoch noch einige spannende Erlebnisse, denn als ich meine ausgepackten Sachen ins Haus trug, sah ich wie eine dicke Maus die Küchenwand hinauf huschte wie ein geölter Blitz. Natürlich machte sie sich ebenso unsichtbar wie es die Mücken etwas früher im Jahr getan hatten.

Uns blieb nur, Mausefallen aufzustellen. Nach und nach in kurzer Zeit fingen wir täglich 1-2 der Nagetiere – inzwischen 15 Stück, und ob nun endlich Ruhe ist, bleibt mal dahingestellt. Anschließend ging es im Haus gegenüber los, wo wir wohnten. Ich saß in einem Zimmer, wo ich ein paar Kleidungsstücke reparierte, als ich es unvermittelt rascheln hörte. Ich lauschte. Kam das Geräusch von hinter der Esstischbank? Vielleicht. Aber vielleicht kam es auch aus dem Umzugskarton mit meinen Backzutaten! Alarmiert griff ich den schweren Kasten und eilte damit ins Freie. Tür zu und alles auspacken. Auf dem Boden des Kastens starrte mich eine Maus an, bevor sie flink das Weite suchte. Ärgerlich packte ich Teil für Teil auf den Betonplatten vor dem Haus aus. Es gab etliche Lebensmittel, die noch unversehrt waren. Eine 250g Packung Mohnback war allerdings unten aufgenagt und komplett leergefressen, eine Tüte mit Grünkern ebenfalls mit Loch und der Inhalt hatte sich in den Karton ergossen, und der Boden war mit Mäuseknüdeln übersät. Den Rest des Kartons leerte ich in die Mülltonne und tat die Pappe in den Papiermüll. Alles andere kontrollierte ich gewissenhaft und überlegte, was ich damit tun sollte.

Wenn ich es in einen frischen Karton packte, könnten die Mäuse gleich wieder darüber herfallen, denn warum sollte ich annehmen können, dass diese Maus alleine gekommen war? Plastiktüten waren ganz offensichtlich vor Mäusen kein Schutz. Am besten, ich packte alles in Blechdosen ein, nur besaß ich nicht so viele Keksdosen, wie ich dafür gebraucht hätte. So suchte ich sämtliche Plastik- und Keksdosen zusammen, die ich finden konnte. Dann räumte ich den Kühlschrank aus, der noch nicht wieder angeschlossen war, und in den ich neulich das Geschirr geräumt hatte, das nicht bei der Jagd nach Mäusen in Gefahr geraten sollte. Für so viel Rücksicht war jetzt kein Platz mehr. In den Kühlschrank könnten Mäuse es nicht schaffen.

Zwei Stunden später hatte ich alles soweit in Sicherheit ge-

© 2025 Charlene Wolff

bracht bis auf meinen Sack mit Reis, der in der Küche im Schrank stand, ein paar Brotbackmischungen usw., die sich nun wirklich nicht mehr einbunkern ließen. Hoffen wir das Beste! Eine Mausefalle stellte ich auch auf. Später kam eine zweite dazu. Als ich den Raum betrat, sah ich wieder eine Maus, die gerade aus dem Sofa huschte, mich sah und gleich wieder verschwand.

Nun war es fast Weihnachten. Die Mäuse, die eigentlich sehr niedlich aussehen, können großen Schaden anrichten. Mäuse haben eine Lebenserwartung von 2 Jahren, und ein Pärchen kann sich innerhalb von 2 Jahren zu einer Million Mäusen vermehren. Das mussten wir unbedingt verhindern.

Am Morgen war der Speck aus den beiden Fallen weg, die Fallen jedoch nicht ausgelöst. Es war klar, dass es mindestens noch eine Maus geben musste. Da der restliche Speck inzwischen im Essen gelandet war, füllte ich die Fallen mit Käse auf und stellte in der Hoffnung, dass die Maus die weihnachtliche Stimmung zu schätzen weiß, einen kleinen Tannenbaum dazu.

Etwas später war sie in der Falle. Tja, wer zu gierig ist und nicht bis Weihnachten warten kann, hat wohl selber Schuld.

Hoffen wir, dass die Geschichte nun endlich ein Ende hat. 18 Mäuse sind eindeutig zu viele!

© 2025 Charlene Wolff

Nachtrag:

In besagtem Winter erledigten wir insgesamt 46 Mäuse.

Danach war vorerst Ruhe.

© 2025 Charlene Wolff

Warum die Mammuts ausgestorben sind

Im Permafrost der Tundra haben Forscher Überreste von Mammuts ausgegraben. Seit Jahren wird weltweit darüber gerätselt, warum die Tiere, die offenbar einst zahlreich waren, ausgestorben sind. Lange wurde vermutet, die Menschen hätten sie ausgerottet.

Eine neue Studie legt eine andere Erklärung nahe: Bekanntlich lebten die großen Rüsseltiere in der Eiszeit. Das schließt man zumindest aus Funden von Fellen dieser großen Elefanten. In Afrika und Asien kommen die Dickhäuter noch heute ohne ein solches Fellkleid aus.

Ich habe mir unlängst eine Erkältung zugezogen. Früher war das eine Krankheit, heute ist es nur noch ein grippaler Infekt – eine Befindlichkeitsstörung. Die ging jedoch so weit, dass meine Nase vollkommen zu war. Ohne abschwellende Nasentropfen bekam ich einfach keine Luft mehr, und selbst diese wirkten auch eher schlecht als recht. Bis sie tief in die Nase hinein kamen, dauerte es wirklich lange. Meine Nase ist etwa 5,1 cm lang. Die eines Mammuts 1,50 m! Bis die Nasentropfen bis hinten hin gelangt sind, sind die armen Viecher schon erstickt.

Ich halte das für eine plausible Erklärung.

© 2025 Charlene Wolff

Ökologische Betrachtung zum Klimaschutz

Bergauf ist mein Auto etwas schwachbrüstig. Ich habe ja auch keinen SUV, sondern nur einen ganz gewöhnlichen PKW mit 74 KW. Das sind 104 PS.

Am 01.01.2014 waren 43.851.230 Pkws in Deutschland angemeldet. Bei 68 Millionen Einwohnern über 18 haben also rein rechnerisch 64,4% ein Auto.

Da ja immer viel von Klimawandel, Klimaschutz, CO_2-Reduzierung und gegen Massentierhaltung debattiert wird, habe ich mir mal folgendes überlegt:

Gehen wir davon aus, dass die Autos im Schnitt eher 100 KW hätten, dann entspräche das 136 PS. Auf die Zahl der Autos hochgerechnet bedeutet das, wir müssten, wollten wir die Autos gegen Pferdekutschen austauschen, 5.963.767.280 (6 Milliarden) neue Pferde anschaffen.

Ein Pferd braucht laut Internet ¼ Hektar Weidefläche. Das sind 2.500 m². Wir bräuchten also 14.909.418.200.000 m² Weidefläche (15 Billionen Quadratmeter = 15 Millionen Quadratkilometer), bzw. 14.909.418,2 km² neues Weideland. Deutschland hat 357.386 km². Wenn man bedenkt, dass Russland 17,1 Millionen Quadratkilometer groß ist, versteht man schon eher, warum Napoleon und Hitler da-

© 2025 Charlene Wolff

rauf so scharf waren.

Ein gutes 650 kg schweres Warmblutpferd braucht ca. 10 kg gutes Heu. Am Tag. Unsere fast 6 Milliarden Pferde benötigen somit im Jahr 217.230.223.174 (217 Milliarden) Tonnen Heu. Wie viele Pferdegespanne nötig sind, dieses Heu zu transportieren, wo man es lagert, wie man es gewinnt oder wie das bezahlt werden soll, überlasse ich mal der Fantasie.

Nun waren das aber nur die PKWs. Ein LKW hat im Schnitt wohl etwa 500 PS. Davon gibt es in Deutschland knapp 3 Millionen. Darin sind nicht die vielen ausländischen Lastwagen enthalten, und ob die Lieferwagen mitgerechnet sind, kann ich auch nicht sagen. Gehen wir aber mal davon aus, wir brauchten hier nochmal 1,5 Milliarden Pferde, die 375.000 km² Weideland und 5,5 Milliarden Tonnen Heu brauchen.

Das Problem ist, die benötigen alle noch Stroh, Stall, Pflege, Zaumzeug, Misthaufen... Aber vor allem brauchen sie ein komplett neues Parkplatzkonzept.

Ich halte das für eine sehr große Herausforderung. Aber es wäre sehr ökologisch. Ob es den Klimawandel aufhalten kann, weiß ich nicht. Immerhin pupsen Pferde auch, und das ist klimaschädlich.

Lesedauer: <4 Minuten

© 2025 Charlene Wolff

Als ich diesen Text neulich vorlas, machte mich jemand darauf aufmerksam, dass es ein weiteres Problem gäbe. Es sei nämlich nicht ohne weiteres möglich, 500 Pferde vor einen Wagen zu spannen. Die Deichsel müsste so lang sein, dass die Kurven unserer Straßen gar nicht ausreichen würden. Ein Pferd ist durchschnittlich 2,40m lang. Spannt man es an, braucht man sicher mindestens 3 m. Gehen wir von Zweierreihen aus, würde ein Gespann mit 500 PS, was einem Lastwagen entspricht, 250 x 3 m = 750m lang zuzüglich des Wagens mit Kutschbock, der gezogen werden soll – und das ist noch optimistisch geschätzt. Wir haben hier also tatsächlich ein eklatantes Parkplatzproblem.

Auch das Anspannen geht nicht von alleine und könnte bei 500 PS durchaus einen ganzen Arbeitstag kosten.

Da ein gewöhnliches Hauspferd 25-30 Jahre alt werden kann, wäre das deutlich nachhaltiger als ein Auto. Die Lastwagen, die hier in Rosenthal zur Zellstofffabrik fahren, haben eine Lebenserwartung von nur 5 Jahren. Andererseits fahren sie sicher viel schneller und damit viel mehr Strecke in kürzerer Zeit, aber das ist ein anderes Thema.

© 2025 Charlene Wolff

Welche Sprache sprechen Bienen?

„Entschuldigung, Frau Zoodirektor, heißen eigentlich alle Bienen Maja oder Willi?" wollte ein Mädchen wissen, und die Tierpflegerin schmunzelte verwirrt. Wie naiv dachten Kinder doch! Was sollte sie darauf antworten? Das Kind hatte bestimmt die Filme von Biene Maja gesehen und erwartete nun, dass alle Bienen so wären wie in der Trickfilmserie. Würde sie große Enttäuschung auslösen, wenn sie das verneinte? Wenn sie nun einfach „ja" sagen würde, würde das Kind dann noch Trickfilm und Realität unterscheiden können?

„Warte mal kurz, da muss ich jemand fragen, der da besser Bescheid weiß", sagte sie schließlich und holte einen Kollegen herbei, der die Bienenvölker betreute.

„Hallo, mein Name ist Hans", begrüßte er die junge Dame freundlich. „Wie heißt Du denn?"

„Maja"

„Ein schöner Name. Du möchtest mehr über die Bienen wissen?" Das Mädchen nickte schüchtern. „Na, dann komm mal mit", lud er sie ein, und die beiden verschwanden in Richtung der Bienenstöcke.

Die Tierpflegerin grinste erleichtert. Aber letztlich ging ihr diese Frage den ganzen Tag durch den Kopf. Kinder können

© 2025 Charlene Wolff

einen ganz schön auf die Probe stellen und mit ihren Fragen sprachlos machen.

Bienen sind nicht dumm. Sie leben in großen Völkern zusammen, geradezu so wie Menschen in einer Großstadt. Jede weiß, was ihre Aufgabe ist, und sie arbeiten so geordnet zusammen, wie in einer großen Firma. Chaos sehen darin wohl nur die Menschen, die nicht verstehen, welcher Plan dahintersteht. Und wenn sie den ganzen Tag fleißig ihrer Wege gehen, Pollen sammeln und den Bienenstock versorgen, dann kann es doch durchaus sein, dass sie sich gegenseitig mit Namen anreden! Und wenn sie nicht reden können, dann summen sie sich vielleicht an.

Maja und Willi heißen sie sicher nicht. Zumindest nicht in unserer Sprache, denn die sprechen sie ja nicht, sonst würden sie einen nicht umschwirren und stechen, wenn man ihnen in die Quere kommt, sondern würden höflich sragen: „gehen Sie gefälligst aus dem Weg, wenn ich hier arbeiten muss!"

Bei dem Gedanken, dass das Mädchen ausgerechnet Maja hieß, musste die Tierpflegerin erneut lachen. „Hätte nur noch gefehlt, dass ihr Bruder Willi heißt", grinste sie, während sie sich dem Eselsstall zuwandte, der ausgemistet werden musste. Sie mochte die Esel, aber der Eselsmist stank wieder erbärmlich. Höchste Zeit auszumisten. Schade, dass

© 2025 Charlene Wolff

es für die Nase nicht sowas wie Oropax gab, Stöpsel die man sich hineinstopft, um das nicht riechen zu müssen. Klar, kann man machen, aber dann kriegt man ja keine Luft mehr!

Hans und die kleine Maja waren inzwischen bei den Bienenstöcken angekommen. Hier summte und brummte es, und die Bienen schwirrten ein und aus. „Sieh mal die Öffnung da, da fliegen die Bienen rein und raus. Und wenn es im Bienenstock von der Sonne zu warm wird, dann fächeln sie mit ihren Flügeln kühle Luft hinein." „Das ist ja eine richtige Klimaanlage!" staunte Maja. Hans öffnete die Rückseite eines Bienenstockes und zeigte dem Mädchen, wie die Bienen geschäftig über die Waben krabbelten. „Keine Angst, da ist eine Glasscheibe. Aber sie würden Dir auch nichts tun, wenn die nicht da wäre und Du Dich ruhig verhältst. Kannst Du die Königin erkennen?"

Angestrengt verfolgte das Mädchen das Gewirre und suchte. Schließlich fragte es: „Ist es vielleicht die da?" Es zeigte auf eine Biene, die einen farbigen Fleck auf dem Rücken hatte. Hans nickte. „Richtig, das ist die Königin." „Die hat ja sogar eine Krone auf!" staunte Maja." „Sowas ähnliches", bestätigte der Imker. „Wir markieren die Königin mit einem Klecks Farbe, damit wir sie schneller finden und wiedererkennen. Es wird auch mal eine neue Königin geboren, und dann wollen wir wissen, welche welche ist."

© 2025 Charlene Wolff

Maja zog die Stirn kraus. „Warum fragst Du sie denn nicht einfach, können Bienen nicht sprechen?" Hans schüttelte den Kopf. „Ich denke schon, dass sie mit einander reden, aber wir verstehen sie nicht."

Zufrieden kehrte Maja zurück zum Spielplatz.

© 2025 Charlene Wolff

Warum die Wollschweine so sauber sind

Eigentlich hatten die dicken, fetten Wollschweine es immer ziemlich gut. Söhlten sie sich tagsüber im Schlammloch und waren über und über mit Matsch bedeckt, so waren sie am nächsten Morgen wieder pico bello sauber. Die Zoobesucher staunten immer nicht schlecht, und so manche Eltern gerieten in Erklärungsnot, wie es sein konnte, dass die Tiere sich so dermaßen einsauen, und trotzdem immer sauber sind.

„Ach Finn, ich hab Dir doch gesagt, Du sollst nicht in die Pfützen patschen. Wie siehst Du denn schon wieder aus!" schimpfte die Mutter. „Musst Du Dich immer so einsauen?"

Finn beobachtete fasziniert die Wollschweine, wie sie sich im Schlamm söhlten. „Papa, wieso sind die Schweine immer sauber, wenn sie im Matsch waren und ich nicht?" verlangte der kleine Finn zu wissen, „wenn ich in der Pfütze war, schimpft Mama immer!" Der Papa runzelte die Stirn und überlegte auch, wie das angehen konnte. „Sicher putzt die Mama sie jeden Abend, genau wie ich das mit Dir mache", stöhnte die Mutter.

Fasziniert schaute Finn zu, wie eine der großen Sauen sich im Schlamm wälzte und schüttelte den Kopf. „Da würde ich jetzt auch gerne reinspringen!" Entsetzt schauten die Eltern

© 2025 Charlene Wolff

ihn an: „untersteh Dich!!!" und heimlich freuten sie sich, dass der kräftige Zaun und der breite Graben das verhinderten. Dem Finn war es durchaus zuzutrauen, dass er zu den Schweinen hinlief und sich mit ihnen einsaute. Wie konnte man es ihm bloß abgewöhnen?!? Kinder!

Sie gingen weiter. Die Cebus zeigten wenig Interesse an den Besuchern des Tiergartens und grasten lieber im Schatten unter den Bäumen. „Was haben die für komische Buckel am Hals!" staunte Finn, „das haben die bestimmt von den Kamelen abgeguckt." „Sicher", nickte Papa.

Am Mäusehotel gingen sie vorbei und kamen zu den Meerschweinchen. „Oh, Papa, kann ich auch so eins haben?" drängelte Finn. „Wo willst Du denn in unserer kleinen Wohnung damit hin?" entgegnete dieser, und die Mutter meinte strikt: „Das kommt gar nicht in Frage! Du schaffst es ja noch nicht mal, Dein Zimmer aufzuräumen. Überall liegt Spielzeug herum, und man kann kaum noch irgendwo hintreten. Wie willst Du Dich dann um ein Tier kümmern?" „Das ist gar kein Problem", erwiderte Finn, „das kann bei mir schlafen, und das stört sich auch nicht an meinen Spielsachen."

Schließlich kamen sie zum Gehege der Waschbären. „Jetzt weiß ich, warum die Schweine so sauber sind", erklärte Finn, abends waschen die Waschbären sie wieder sauber! Kann ich auch so einen Waschbären haben?"

© 2025 Charlene Wolff

Ein Kriminalfall

„Jens, wir haben ein Problem!" meldete sich Axel beim Bürgermeister. „Hattu Problem, muttu lösen", stöhnte dieser.

„Das ist leider nicht witzig", erwiderte Axel. „Wir hatten mehrere Kisten mit Gurken für den Gurkenmarkt für den Schälwettbewerb, das Showkochen usw."

„Ich weiß, unterbrach ihn der Bürgermeister, „und jetzt meinst Du, ich hätte die aufgegessen?"

„Ach Quatsch! Du isst doch nur Hünerbein!" beide lachten. „Nun mal zurück zum Ernst der Lage!" ermahnte Axel. „Es verschwinden Gurken."

„Es… was?!?"

„seit drei Tagen verschwinden jeden Tag ein paar Gurken, und die Kartons werden umgeworfen. Das sieht in der Touristinfo morgens immer aus wie bei Hempels unterm Sofa, wenn man morgens reinkommt!"

„Hempel. Ja. Wie geht es dem eigentlich?" Herr Hünerbein grinste hämisch. „Und was erwartest Du jetzt von mir? Soll ich morgens aufwischen? Ich hab gewiss ganz andere Dinge zu erledigen."

„Schon klar, aber…"

© 2025 Charlene Wolff

„Sind dafür nicht unsere Gesetzeshüter zuständig?" schnitt er Axel das Wort ab.

„Na gut, wenn Du meinst, dass die auch für lumpige Gurken kommen, rufe ich da mal an."

———-

Kommissar Holger Müller hörte sich Axels Anliegen an.

„Sowas ist mir noch nicht vorgekommen. Ist noch irgendwas anderes gestohlen worden?"

Axel verneinte. „Zum einen besitzen wir keine Reichtümer in unserem Büro, und zum anderen haben wir nichts feststellen können, es scheint ansonsten alles noch da zu sein. Nur die Kartons mit den Gurken liegen jeden Morgen verstreut im Raum, und es werden immer weniger Gurken."

Der Kommissar überlegte einen Moment und sagte dann: „unter diesen Umständen ist die Polizei nicht zuständig, da Sie ja keine Einbruchsspuren sehen und keine Wertgegenstände entwendet wurden."

Axel stöhnte. Niemand fühlte sich zuständig! Die Polizei, Dein Freund und Helfer! Pah!

„Ich würde Ihnen raten, einen Kammerjäger zu holen. Haben Sie schon einen Kammerjäger gefragt?"

Das hatten die Leute von „Wir fuer Gommern" nicht getan.

© 2025 Charlene Wolff

Ehrlich gesagt, hatte auch keiner eine so verrückte Idee gehabt. Eine Mäuseplage hatte es immer wieder mal gegeben. Aber Mäuse tragen normalerweise auch keine grünen Gurken weg. Selbst Ratten hätten sie nur angefressen liegengelassen, aber es gab nichts Angefressenes. Axel bedankte sich verstört. Auf jeden Fall musste etwas unternommen werden, bevor die Bestände nicht mehr für den Gurkenmarkt reichen würden. Aber er wollte die Kartons mit den Gurken auch nicht zu sich nach Hause schaffen, denn da hatte er ohnehin gerade kaum Platz, wo doch das Wohnzimmer renoviert wurde, und außerdem wäre das Hin- und Herfahren sicher nicht gut für die empfindlichen Gemüse. Er fluchte.

„Morjen Otto", begrüßte Axel seinen Kollegen in der Stadtinformation. „Was ziehst Du für ein Gesicht, Axel? Wieder dasselbe?"

„Heute morgen war wieder der Kartonstapel umgeworfen, überall Gurken durch den Raum gerollt, und keiner interessiert sich dafür. Die Polizei fühlt sich nicht zuständig und meint, ich könnte ja einen Kammerjäger fragen. Verdammt! Mäuse können es nicht gewesen sein und Elefanten haben kommen hier gar nicht rein!"

„Ach übrigens, ich hab vorsichtshalber mal die Klappe im Klo zugemacht."

„War die etwa offen?"

© 2025 Charlene Wolff

„Ja, die ist eigentlich immer offen, aber da passt auch kein Elefant durch."

———-

„Polizeistation Genthin, Möhring am Apparat, was kann ich für Sie tun?" meldete sich der Mann am anderen Ende der Leitung.

„Guten Tag, Stadtverwaltung Genthin, Conradi."

„Morgen Marina!"

„Morgen Heiko, ich möchte einen Diebstahl melden."

„Diebstahl? Hat der BM etwa Deinen Bürostuhl gestohlen?" frotzelte der Polizist.

„Jetzt mach Dich nicht lustig! Das ist überhaupt nicht witzig! Wir sind hier verzweifelt dabei das Kartoffelfest auf die Reihe zu kriegen, was mit dem engen Budget schon fast ein Ding der Unmöglichkeit ist…"

„Also doch der BM!" lästerte der Mann am Telefon. Also, was ist weg?"

„Kartoffeln."

„Bitte?!?" schnaufte der Kommissar.

„Kartoffeln. Für das Kartoffelfest haben wir 50 Säcke mit Kartoffeln bestellt. Die wurden am Dienstag an den Bauhof geliefert. Heute sind noch 46 da."

© 2025 Charlene Wolff

Der Polizist rollte mit den Augen, was Marina durchs Telefon nicht sehen konnte, und sagte dann: „Dann hat wohl irgendjemand 4 Säcke entnommen. Ist vielleicht ein Zettel dran? Frag doch mal rum. Bei uns sind jedenfalls keine Fundsachen abgegeben worden."

„Heiko! Verarsch mich nicht, da klaut jemand Kartoffeln, und die Polizei, Dein Freund und Helfer, will nichts unternehmen!"

„Hör mal, Marina, das ist ein Bagatelldelikt. Was ist schon ein Sack Kartoffeln? Vielleicht haben sich da ja welche von unseren neuen *Fachkräften* bedient, die überall herumlungern."

„VIER", fauchte Marina durchs Telefon. „und wenn Deine Fachkräfte keine Arbeitserlaubnis kriegen, hängen sie nunmal herum. Dafür kann ich auch nichts. Aber Kartoffeln klauen die nicht, das kannst Du mir glauben!"

Da hatte er in ein Wespennest gestochen! „Auch vier Sack Kartoffeln sind noch eine Bagatelle. Ihr habt sie doch eh geschenkt bekommen; Spende vom Bauernverband! Hat Euch nicht einen Cent gekostet!"

Wütend knallte Marina den Hörer auf die Gabel.

In der Genthiner Stadtverwaltung gab es dicke Luft.

—-

© 2025 Charlene Wolff

In Calbe (Saale) war man dabei, das Bollenfest zu organisieren. Bollen sind Zwiebeln, wie jeder weiß, und die werden im Herbst in großen Mengen geerntet und im Mitteldeutschen Zwiebelkontor gelagert und abgepackt. Guten Mutes holte Reiner Tischler sich einen Sack Zwiebeln aus dem Hofladen. Zu Hause angekommen wollte er ihn aus dem Kofferraum holen und ins Haus tragen, aber da purzelte alles heraus und kullerte durch den Kofferraum. Fluchend sammelte er die Bollen ein und staunte nicht schlecht, denn es tauchten plötzlich außer Zwiebeln einige Kartoffeln und sogar eine grüne Gurke auf. Wie kamen die ins Auto?!? War seine Frau mit dem Wagen einkaufen gefahren und hatte nicht alles ausgeladen? Er verstaute alles in einer großen Einkaufstasche, die er im Kofferraum fand.

„Schatz, Du hast Deine Gurken und Kartoffeln im Auto liegenlassen", begrüßte er seine Frau.

„Ich habe keine Gurken und Kartoffeln gekauft", entgegnete diese entschieden.

„Das verstehe ich dann nicht", befand Reiner. „Sie lagen doch im Kofferraum!"

„Also von mir sind die nicht!"

„Dann müssen sie aus dem Sack mit Zwiebeln gefallen sein, der war nämlich kaputt! Das darf eigentlich nicht sein; hatten wir noch nie! Ich muss gleich nochmal mit dem Staub-

© 2025 Charlene Wolff

sauger den Kofferraum saugen."

„Siehst Du, dann hat jemand sie in den Zwiebelsack gestopft, und Du hast das nicht gemerkt."

„Kartoffeln und Gurken im Zwiebelsack", lachte Reiner, „und das beim Zwiebelkontor! Was für ein Scherzbold sollte auf so eine blöde Idee kommen?"

——-

Verwunderung auch in Rogätz. Morgens war die Plane am Bratwurststand aufgerissen, und es fehlten etliche Bratwürste. Das war ärgerlich, weil doch um 10 Uhr das Blütenfest losging und die Läden sonntags geschlossen hatten.

——-

Beim Heidefest in Colbitz verschwand nachts vor dem Bockbieranstich der Bollerwagen mit dem Fass, den die Ziege ins Zelt ziehen sollte. Der Werksleiter der Brauerei musste geholt werden, um ein neues zu holen, und Bauer Ganzer stellte einen Bollerwagen von seiner Tochter zur Verfügung, und so wurde das Heidefest gerettet. Nach dem Verbleib des gestohlenen Fasses wurde gezwungenermaßen mit wenig Interesse gefahndet. Es war ja bekannt, dass durstige Männer Bier wahnsinnig schnell verschwinden lassen können, wenn es nichts kostet.

So richtig Bock auf Bockbierfahndung hatten die Kollegen

© 2025 Charlene Wolff

von der Polizei schon gar nicht, weil der Fall ihnen den Besuch beim Bockbieranstich im Zelt versaute. Entsprechend erfolglos blieb das Unterfangen.

—-

Kehren wir nun zurück in den Tierpark Zabakuck. Die Cebus grasten im Schatten der Bäume und ließen sich von den gelegentlichen Besuchern nicht stören. Nebenan iahte ein Esel, als wolle er beim Eurovision Song Contest mitmachen. Die Schafe erwiderten das nur mit „mäh!"

Die Wollschweine stritten wieder darüber, ob Milla eine eierlegende Wollmilchsau ist, obwohl das müßig war, denn sie hatte weder jemals Eier gelegt noch Milch gegeben. Einzig zu den Wollschweinen zählte sie, aber das war ihr offenbar nicht genug. Den anderen Wollschweinen ging sie damit auf den Senkel. Denen war das nämlich völlig Wurst. Ach nein! Wurst natürlich nicht, sondern egal. Die Tiere im Park wurden nicht zu Wurst verarbeitet. Das wollte hier keiner.

Die Präriehunde hätten wohl gerne mal eines der Hühner gerissen, aber mit vollem Bauch frisst es sich schlecht, und außerdem wussten sie genau, dass sie es gar nicht durch den Zaun und den Wassergraben geschafft hätten. Also dösten sie träge in der Sonne und ließen die warmen Strahlen ihre vollen Bäuche wärmen.

Alles war eigentlich wie sonst. Einzig die Waschbären ver-

© 2025 Charlene Wolff

hielten sich ungewöhnlich zufrieden.

„Mami, wo haben die eigentlich ihre Waschmaschine?" fragten die Kinder manchmal und brachten damit ihre Eltern in Erklärungsnot.

Die Waschbären lagen in ihrem Gehege, taten praktisch nichts und schienen das Leben sehr zu genießen. Zur Fütterung kamen sie sonst immer sehr interessiert, aber heute bewegten sie sich nicht mal von ihren Liegeplätzen fort, als die Tierpflegerin das Futter brachte. Da das absolut ungewöhnlich war, wurde der Tierarzt geholt. Der untersuchte die Tiere, zuckte die Schultern und meinte dann: „die sind satt. Gut genährt und satt. Denen fehlt nichts." Kopfschüttelnd wandten sich die Tierpfleger wieder anderen Aufgaben zu.

Ein paar Wochen lang ging das täglich so, die Waschbären standen inzwischen unter besonderer Beobachtung, niemand sah, dass sie ihr Futter anrührten, trotzdem waren ihre Bäuche immer prall gefüllt und das Futter fort.

„Irgendwas geht da nicht mit rechten Dingen zu", befand der Tierparkdirektor. „Ich will wissen, was da los ist." Er ließ eine Wildkamera installieren.

Am nächsten Vormittag saß man gespannt vor dem Computer und wertete den Chip aus, auf dem alle Bewegungen im Waschbärengehege aufgezeichnet sein müssten.

© 2025 Charlene Wolff   71

Die Nachtaufnahmen mit Infrarot waren nur schwarzweiß. Eine ganze Weile war nichts Interessantes aufgezeichnet worden. Die Waschbären rührten sich kaum von ihren Plätzen. Dick, fett, faul und gefräßig dösten sie offenbar nur so vor sich hin. Extrem langweilige und ermüdende Aufnahmen. Vielleicht würde man letztlich überhaupt nichts finden.

Da! Ein Fuchs erschien im Bild. Er schaute nach rechts, nach links und schlich dann weiter seines Weges. Das Bild blieb grau und eintönig. Was für eine ermüdende Recherche!

Plötzlich tauchte wieder ein Tier im Bild auf. Wieder der Fuchs? Es huschte davon, aber der Schwanz war nicht so buschig wie beim Fuchs von vorhin. „Es könnte eine Katze gewesen sein", dachte der Direktor, „aber was hat eine Katze nachts im Tierpark verloren?"

Jetzt brauchte er erstmal einen Kaffee, sonst schlief er am Bildschirm ein. Währenddessen grübelte er, was mit den Waschbären nicht stimmte. Er hatte es im Gespür, dass da irgendwas war. Er konnte es nur einfach nicht greifen. Die Viecher hatten immer gut gefressen, und nun taten sie es nicht mehr. Normalerweise hätten sie abmagern müssen, aber das Gegenteil war der Fall. Wer also fütterte sie heimlich?

„Frau Göbel, können Sie mich für eine Weile ablösen? Mir

© 2025 Charlene Wolff

fallen bald die Augen zu.“

Sie tat es. Endlos langweilige Aufnahmen im Computer rauschten über den Bildschirm. Sieglinde konnte gut verstehen warum der Direktor so müde ausgesehen hatte. Das war ein wahres Augenpulver! Dagegen waren ja selbst die ewigen Wiederholungen alter Filme im Fernsehen aufregend. Sie gähnte.

Halt, hatte sich da nicht was bewegt? Sieglinde hielt den Film an und spulte ein kurzes Stück zurück. Während sie ihn ganz langsam wieder ablaufen ließ, regte sich hinten rechts im Bild etwas, das sie nicht klar erkennen konnte. Die Blätter der Büsche bewegten sich unnatürlich, aber was genau da geschah, ließ sich nicht sagen. Es war zu klein und undeutlich. Vielleicht hatte es ja gar nichts zu bedeuten, aber da war was.

Bis zu welcher Uhrzeit waren wir denn eigentlich jetzt mit dem Film gekommen? Ach, da stand es: 03:28. Halb vier Uhr nachts. Sie notierte die Zeit. Bis wieder Bewegung ins Gehege kam, dauerte es noch mehr als eine Stunde. Plötzlich wie auf Befehl erhoben sich die Waschbären und bewegten sich schnurstracks zu dem Gebüsch, wo Sieglinde vorhin diese Bewegung bemerkt hatte. Sie hielt den Film an, notierte die Uhrzeit und versuchte zu erkennen, was die Tiere dort taten. Aber das war unmöglich; es war viel zu undeutlich.

© 2025 Charlene Wolff   73

Auf jeden Fall musste irgendwas in diesem Gebüsch sein.

Der Direktor war einerseits hoch erfreut, dass man etwas entdeckt hatte, andererseits wusste man deshalb noch immer nicht mehr als zuvor.

Das bedeutete, die Wildkamera musste woanders angebracht werden, wo sie das betroffene Gebüsch besser überwachen konnte. Immerhin hatte die Recherche diesen Anhaltspunkt erbracht. Und es würde mindestens noch einen ermüdenden Tag am Bildschirm bedeuten. Aber vielleicht wusste man anschließend, welches seltsame Spiel dort gespielt wurde.

Eine weitere Nacht verging, und ein langweiliger Vormittag am Bildschirm mit einem Fuchs, einer Katze, die mehrmals auftauchte und Waschbären, die träge wie Statuen dalagen.

Bewegung kam gegen 4:10 Uhr ins Bild. Das Gebüsch wurde durchgeschüttelt. Es sah aus als wenn kleine Hände Gegenstände ins Gebüsch warfen und irgendwas ausgruben. Nach kurzer Zeit endete die Episode, und es blieb wieder stundenlang unbewegt und öde.

Der Timecode zeigte gegen 5 Uhr früh, und plötzlich waren im Bild deutlich die Waschbären an ihren Rücken zu erkennen, wie sie eifrig in diesem Gebüsch wühlten. Was taten die da?!? Einer schien sich etwas längliches ins Maul zu schieben, der andere einen Ball oder so. Im Nachtsichtmodus war alles nur schwarzweiß und grau – kaum zu unterscheiden. Sobald

© 2025 Charlene Wolff

das Tageslicht anbrach, würde man das Gehege genau unter die Lupe nehmen.

Am nächsten Morgen stand Sieglinde schon um 6 Uhr früh am Verwaltungsgebäude und wartete auf den Direktor, der mit einem Becher dampfenden Kaffee, begleitet von einem der Tierpfleger, der sich mit einer Taschenlampe bewaffnet hatte, die Einfahrt hoch kam. „Dann wollen wir mal", begrüßte er sein kleines Team.

Der Tierpfleger scheuchte die Waschbären in ihren Käfig, damit man das Gehege ungestört auf Links drehen konnte. Unter dem fraglichen Gebüsch war die Grasnarbe lose und ließ sich hochklappen. Bei genauerer Untersuchung entdeckte man darunter einige grüne Gurken, Reste von Zwiebeln und auch etliche Kartoffeln. Es war eindeutig eine Art künstliche Grube, und am Rand lagen verstreut einige Reste des Trockenfutters, das die Tiere bekamen, neuerdings nicht mehr anrührten, was aber trotzdem verschwand.

Den Fall aufzuklären und alle Spuren zu einem Gesamtbild zusammenzufügen, dauerte Jahre. Letztlich kam folgendes Szenario dabei heraus:

Verschiedene Waschbärengruppen, die sich überall in Europa ausgebreitet hatten, schienen sich organisiert zu haben. Waschbären sind ja Migranten, die ursprünglich nicht in Europa vorkamen und hier deshalb keine natürlichen Feinde

© 2025 Charlene Wolff

haben. So konnten sie sich ungehindert überall ausbreiten und werden mancherorts zu einer Plage. Sie sind Allesfresser und plündern gerne auch mal Mülleimer, was nicht selten mit einer riesigen Sauerei verbunden ist. Es soll auch schon vorgekommen sein, dass sie ganz keck Gemüse aus Gemüseläden gestohlen haben, während die erschrockenen Kunden kreischend dabeistanden.

Der Fall *Zabakuck* wird aber in die Kriminalgeschichte eingehen, denn offenbar hatten sich Waschbärenclans zusammengetan und in größerem Stil Lebensmittel gestohlen, mit denen sie einen regen Tauschhandel betrieben. In Zabakuck hatten sie Zwiebeln aus Calbe, Kartoffeln aus Genthin und Gurken aus Gommern gegen Trockenfutter eingetauscht. Der Tierpark musste sich jetzt überlegen, ob er die Fütterungen nicht auf solche Gemüse umstellen sollte, wenn die Waschbären es sich sonst auf kriminellem Wege beschafften. Ganz schön clever, diese Viecher!

Zeitungen und Fernsehen war das aber keine Überschrift wert. Was will eine Zeitung mit solchen Schlafzeilen? „Deutscher Milliardär in der Karibik verschollen" oder „Wir sind Papst!" ziehen halt mehr Menschen an als der Waschbärenschwarzmarkt in Sachsen-Anhalt.

Vom Schwarzmarkt zur Mafia ist der Schritt nicht weit. Vielleicht schafft es Zabakuck ja dann in die Schlagzeilen.

© 2025 Charlene Wolff

Ostrockfestival 2025

© 2025 Charlene Wolff

Charlene Wolff

Wer ist sie?

Charlene Wolff, gebürtige Hamburgerin, hat ihr Leben lang in der Weltstadt gelebt und auch gerne die Welt bereist.

2013 ergab es sich, dass sie für die offene Bühne TextLabor-B in ihrer Heimatstadt als „Königin der Texte" am Königinnentag teilnehmen konnte, wodurch sich quasi eine erstaunliche Karriere als Ehrenhoheit ergeben hat, die letztlich im Jahr 2020 dazu geführt hat, dass sie nach Blankenberg am Rennsteig in Thüringen umgesiedelt ist, wo sie sich pudelwohl fühlt und weithin bekannt und beliebt ist. Dort repräsentiert sie für Vereine und die Kultur und ist vielfältig engagiert.

Geschrieben hat sie seit der Kindheit, und sie bringt regelmäßig Zeitungen in ihrer neuen Heimat heraus. Im Heimatjahrbuch des Saale-Orla-Kreises wurden ebenfalls Texte von ihr abgedruckt.

Als eine der aktivsten Hoheiten unserer Zeit trifft man sie oft auf Stadtfesten bundesweit.

© 2025 Charlene Wolff